ODE

A MONSIEUR DE BUFFON,

PAR M. LE BRUN;

S U I V I E

D'UNE ÉLÉGIE

A MADAME LA COMTESSE DE P***,

AU SUJET DE CETTE ODE.

SECONDE ÉDITION.

A PARIS,

DE L'IMPRIMERIE DE DIDOT L'AÎNÉ.

M. DCC. LXXIX.

L'Auteur conçut l'idée de cette Ode, lorſque M. de Buffon eut cette dangereuſe maladie qui allarma toute l'Europe ſavante. M^{de} de Buffon étoit morte l'année précédente, à la fleur de ſon âge : elle joignoit à la beauté toutes les graces de l'eſprit.

O D E

A MONSIEUR DE BUFFON.

C ET Aſtre, Roi du jour, au brûlant diadême,
Lance d'aveugles feux, & s'ignore lui-même;
Il éclaire le Monde, & ne le connoît pas :
Mais l'Aſtre du Génie, intelligent, ſublime,
        Du Ciel perce l'abîme,
L'embraſſe, & des Dieux même oſe y ſuivre les pas.

O GÉNIE! à ta voix l'Univers ſemble éclore;
Ce qu'il eſt, ce qu'il fut, ce qu'il doit être encore,
Malgré les Temps jaloux ſe révele à tes yeux.
Ton œil vit s'élancer la Comete brûlante
        Qui de la Sphere ardente
A détaché ce Globe autrefois radieux.

Tel qu'on nous peint Délos au sein des eaux flottante,
Tu le vois, dans sa course invisible & constante,
Sur son axe rouler dans l'océan des airs :
Aux angles des vallons tu vois encore écrite
                La trace d'Amphitrite,
Et les Monts attester qu'ils sont enfants des Mers.

Sans aller désormais, par un larcin funeste,
Dans l'Olympe jaloux ravir le feu céleste,
Et, nouveau Prométhée, irriter un vautour ;
Tu fais lancer au loin, du sein brûlant d'un verre,
                Ces fleches de lumiere
Que de son carquois d'or verse le Dieu du Jour.

Tu fais plus : Jupiter, assemblant les nuages,
Devant son char tonnant roule en vain les orages ;
A d'impuissants éclats tu réduis son courroux :
Ce Dieu, jusqu'en ses mains, voit sa foudre égarée,
                Par un fer attirée,
N'obéir qu'au Mortel qui dirige ses coups.

La Nuit dérobe en vain l'Olympe dans ses voiles,
Ton sublime regard y poursuit les étoiles ;
Tu vois dans l'avenir s'éclipser leurs flambeaux :
Et, d'un œil de cristal armant la foible vue,
                Ton audace imprévue
Dans les cieux étonnés surprend des cieux nouveaux.

Là, dans l'immenfité l'Ether roule fes ondes;
Des milliers de Soleils, des millions de Mondes,
Deux Forces [1] balançant tous ces globes divers,
Les Eléments rivaux, l'Equilibre & la Vie,
       Compofent l'harmonie,
L'édifice mouvant de ce vafte Univers.

Eh ! quel autre eût tracé de ces Orbes immenfes
La figure, le cours, les erreurs, les diftances ?
Quel autre ofa pefer ces Corps majeftueux ?
Ce n'eft plus Jupiter, c'eft toi, divin GÉNIE,
       Qui, fous l'œil d'Uranie,
Tiens d'un bras immortel la balance des Cieux !

Au fein de l'Infini ton ame s'eft lancée;
Tu peuplas fes déferts de ta vafte penfée.
La Nature, avec toi, fit fept pas éclatants;
Et, de fon regne immenfe embraffant tout l'efpace,
       Ton immortelle Audace
A pofé fept Flambeaux fur la route des Temps [2].

Tel éclatoit BUFFON ! Son ame ardente & pure,
Dans fes brillants effors, planoit fur la Nature :
Il franchit l'Univers à fes yeux dévoilé.
Aigle, qui t'élançois aux voûtes éternelles,
       Tu fens languir tes ailes !
Et l'Erebe t'envie à l'Empire étoilé.

JALOUX de tant de gloire, un Monſtre au front livide,
De ſerpents dévoré, de vengeances avide,
L'Envie, avec horreur, en contemploit le cours :
Elle fuit, en grondant, ſa lugubre caverne;
   Et vole au ſombre Averne
De deux Filles du Styx implorer le ſecours.

» NOIRES DIVINITÉS ! un Demi-dieu nous brave !
» La Gloire eſt ſon amante, & la Mort ſon eſclave;
» Son titre d'Immortel par-tout choque mes yeux :
» Chaque inſtant de ſa vie ajoute à mon ſupplice;
   » Son Roi même eſt complice,
» Et prétend m'inſulter par un Marbre odieux (3).

» QUOI ! je ſerois l'Envie ? Eh ! qui pourra le croire,
» S'il jouïſſoit, vivant, de cet excès de gloire ?
» Vengez-moi; terminez ſes brillants attentats :
» Allez, courez, volez; que vos flammes funeſtes
   » Chaſſent les feux céleſtes
» Qui ſauveroient BUFFON des glaces du trépas.

ELLE dit; & courant le long des rives ſombres,
Ces Monſtres font frémir juſqu'au Tyran des Ombres;
L'Erebe eſt effrayé de les avoir produits :
Et le fatal inſtant où leur eſſain barbare
   S'envole du Tartare,
Semble adoucir l'horreur des éternelles nuits.

L'Une au fouffle brûlant, à la marche inégale,
L'Autre du doux Sommeil implacable rivale,
Fendent l'air embrafé de leurs triples flambeaux.
La Nuit, avec horreur, roule fon char d'ébene ;
     Et les Nymphes de Seine
Cherchent, en frémiffant, l'abri de leurs rofeaux.

Non loin de ce rivage eft un Séjour illuftre,
Qui du Pline françois emprunte un nouveau luftre ;
La Nature, en fes mains, y remet fes tréfors.
Là, ces Filles du Styx, aux ailes enflammées,
     Par l'Envie animées,
Dirigent vers Buffon leurs finiftres effors.

A peine elles touchoient au feuil du noble afyle,
Que la Fille d'Hébé l'abandonne & s'exile ;
Morphée, en gémiffant, voit flétrir fes pavots :
Leur vol a renverfé ces Tubes & ces Spheres
     Qui, loin des yeux vulgaires,
Servoient du Demi-dieu les fublimes travaux.

O divine Uranie ! en ces moments funeftes,
Quel foin t'arrête encor fur les voûtes céleftes ?
Ton Fils fuccombe...hélas ! que t'importent les Cieux ?
Viens de tes purs rayons confoler fa paupiere ;
     Viens rendre à la lumiere!
L'ami, le confident, l'interprete des Dieux !

C'est donc peu que le Ciel de talents soit avare !
La Terre en est jalouse ! & le sombre Ténare
Pourfuit nos Demi-dieux jusques sur leurs Autels !
Ah ! si la Mort détruit votre plus digne ouvrage,
       Dieux , témoins de l'outrage ,
N'est-ce pas une erreur de vous croire immortels ?

O Mort fatale , arrête … arrête , & vois ton crime !
Oseras-tu frapper cette illustre Victime ?
Vois le Parnasse en pleurs ; vois l'Olympe en courroux ;
Respecte les destins d'un enfant d'Uranie !
       Frappe la Tyrannie ;
Tu verras l'Univers applaudir à tes coups.

Frappe ces Conquérants que déchaîne Bellone ,
Ces Rois que la mollesse assoupit sur le Trône ,
Ces Brigands de Thémis qui profanent sa voix :
Mais épargne un Mortel , dont la main consolante ,
       Sur la Terre sanglante ,
Oppose à tant d'horreurs la Nature & ses loix.

Que vois-je ? … Ah ! cette main si rapide & si sûre ,
Qui d'un trait enflammé sut peindre la Nature ,
Se glace ; & sent tomber son immortel pinceau !
Et déja sur ces yeux qu'allumoit le Génie ,
       La Fievre & l'Insomnie
Ont des pâles Douleurs étendu le bandeau.

La Nature en gémit : fa voix, fa voix puiſſante
Dans les airs jette un cri d'amour & d'épouvante ;
Ce cri vole au Cocyte , & fait frémir ſes eaux :
Lachéſis s'en émeut ; Clothon devient ſenſible ;
     Mais ſa Sœur inflexible
Déja preſſe le fil entre ſes noirs ciſeaux.

C'en étoit fait ! ... Soudain , par l'Amour embraſée ,
Une Ombre , toute en pleurs , du fond de l'Eliſée
S'élance , & d'Atropos embraſſe les genoux :
» Oui ! tu vois ſon Epouſe , ô fatale Déeſſe !
    » Pardonne à ma tendreſſe ,
» Pardonne à ma douleur de ſuſpendre tes coups !

» Ah ! garde-toi de rompre une trame ſi belle !
» Par le nom d'un Epoux ma gloire eſt immortelle :
» Je lui dus mon bonheur ; qu'il me doive le jour !
» Orphée , en t'implorant , obtint ſon Euridice ;
    » Que ma voix t'attendriſſe !
» Sois ſenſible deux fois aux larmes de l'Amour !

» Dès mon aurore , hélas ! plongée aux ſombres rives ,
» Je ne regrette point ces roſes fugitives
» Dont l'Amour couronna mes fragiles attraits ;
» O Mort ! combien pour moi ta coupe fut amere !
    » J'étois Epouſe , & Mere !
» Un Fils & mon Epoux font , ſeuls , tous mes regrets !

» Ah! prends pitié d'un cœur qui s'immole foi-même,
» Qui, par excès d'amour, craint de voir ce qu'il aime!
» Qu'il vive pour mon Fils; c'eſt vivre encor pour moi!
» O Parque! ma douleur te demande une vie
        » Déja preſque ravie!
» La moitié de lui-même eſt déja ſous ta loi.

A peine elle achevoit; le Demi-dieu reſpire:
La Parque, en frémiſſant, la regarde, & ſoupire.
Tes pleurs, nouvelle Alceſte, ont ſauvé ton Epoux:
Tu vois le noir ciſeau pardonner à ſa proie;
        Un cri marque ta joie;
Et les bords du Léthé t'en devinrent plus doux.

Fuis, noir Eſſain des maux que déchaîna Pandore!
Olympe! fais briller ta plus riante aurore!
O Nature! le Ciel t'a rendu ton Amant!
Et Toi, dont l'Amitié ſouvent daigna ſourire
        Aux accens de ma lyre,
Reçois ces vers baignés des pleurs du Sentiment.

Puiſſé-je d'un rayon embellir ta couronne!
Les lauriers ſont plus doux quand l'Amitié les donne.
Nos cœurs & nos penchants ſuivoient un même cours:
Ma lyre oſa chanter ton Amante immortelle (4);
        Mais tu la rends ſi belle,
Que Toi ſeul as fixé ſes auguſtes amours.

Ses Autels font les tiens ; fa gloire eſt ton ouvrage.
Le Siecle & l'Avenir uniront leur fuffrage ;
Tu feras le flambeau de la Poſtérité.
Mais, avant que les Dieux un jour te faſſent boire
　　　La coupe de la Gloire,
Goûte au moins parmi nous ton immortalité.

F I N.

_____

N O T E S.

(1) P. 5, vers 3. *Deux Forces balançant tous ces globes divers ,*]
L'Attraction & l'Impulfion.

(2) *Ib.* vers 18. *A pofé fept Flambeaux fur la route des Temps.*]
Cette ſtrophe défigne *les Epoques de la Nature* (au nombre
de fept) par M. de Buffon. Cet Ouvrage important va pa-
roître.

(3) P. 6, vers 12. *Et prétend m'infulter par un Marbre odieux.*]
Louis XV ordonna en 1773 la ſtatue en marbre de M. de
Buffon. Elle a été exécutée par le célebre Pajou , & placée à
l'entrée des Cabinets d'Hiſtoire Naturelle en 1777 , par l'ordre
de Sa Majeſté Louis XVI. Si les titres pouvoient ajouter quel-
que chofe au Génie , on rappelleroit que les Terres de M. de
Buffon ont été érigées en Comté par le feu Roi.

(4) P. 10, v. 22. *Ma lyre ofa chanter ton Amante immortelle;*]
Allufion au *Poême de la Nature ,* par M. le Brun.

Madame la Comtesse de P*** avoit perdu depuis trois mois un Epoux qu'elle aimoit tendrement : elle assista à une lecture de l'*Ode à M. de Buffon*, & s'évanouit de douleur, au Discours de Madame de Buffon à la Parque. L'Auteur n'étoit pas présent à cette lecture. Voici ce que Madame la Comtesse de P*** lui écrivit, pour avoir une copie de l'Ouvrage qui lui avoit fait éprouver cette violente sensation.

» Sans presque avoir l'honneur d'être connue de vous, Mon-
» sieur, une de vos Productions m'a cruellement affectée. Le
» tableau le plus intéressant de ce chef-d'œuvre est devenu
» funeste pour moi, en me retraçant un bien cruel souvenir,
» mais dont mon cœur chérit l'illusion. Si d'aussi vives dou-
» leurs peuvent parvenir à s'épuiser jamais, ce ne peut être
» qu'en se renouvellant sans cesse. Malgré les images que m'a
» rappellées la lecture de votre *Ode à M. DE BUFFON*, j'en
» ai senti toutes les beautés ; & j'attends de vous, Monsieur,
» la satisfaction de pouvoir la relire. Je sais qu'elle excitera
» toujours ma sensibilité ; mais elle ne peut manquer de sa-
» tisfaire mon cœur. &c. &c.

ÉLÉGIE

A MADAME LA COMTESSE

DE P***,

AU SUJET DE L'ODE PRÉCÉDENTE.

O vous ! dont la douleur augmente encor les charmes,
Vous voulez que mes Vers, complices de vos larmes,
Réveillent par leur chant, aux plaintes confacré,
Les bleſſures d'un cœur déja trop déchiré.
Apollon obéit quand les Graces demandent :
Vous avez leurs attraits ; vos Prieres commandent.

Sans ceſſe offrant vos pleurs à des Mânes trop chers,
Vous croyez, dites-vous, les rendre moins amers,
Les épuiſer peut-être.... Erreur d'une ame tendre !
Ah ! l'Amour ſe nourrit des pleurs qu'il fait répandre.
Le Temps, & non des pleurs verſés ſur un tombeau,
Peut, ſeul, du chaſte Amour refroidir le flambeau ;
Le Temps peut affoiblir, par de lentes atteintes,
Ces feux dont vous brûlez pour des Cendres éteintes ;
Le Temps.... Mais vous craignez ſon utile ſecours ;
Votre cœur veut aimer, & ſoupirer toujours.

Heureux cent fois l'Objet d'une douleur fi tendre !
Vous foupirez fon nom ; vous pleürez fur fa cendre ;
Il revit dans vos pleurs ! ah ! fon fort eft fi doux,
Que même dans la tombe il fera des Jaloux ;
Le jour, l'ombre, les bois, Philomèle éplorée,
Tout rappelle à vos fens fon image adorée,
Tout le rend à vos yeux .... & rien à votre Cœur !
Il feroit fans plaifir, s'il étoit fans douleur.

Ces Vers, où de Buffon j'ai peint la tendre Epoufe
Arrachant ce qu'elle aime à la Parque jaloufe,
Et du fatal Cifeau défarmant le courroux
Par ce cri de l'Amour qui fauva fon Epoux,
Ces Vers vous ont émue ! & votre ame plaintive,
D'un fein baigné de pleurs tout-à-coup fugitive,
S'efforça de voler jufques aux fombres bords,
Et de rejoindre enfin votre Époux chez les Morts.

Ah ! lui-même, tremblant aux piés du noir Monarque,
S'empreffa d'arrêter l'impitoyable Parque :
» Ne meurs point ! cria-t-il d'une touchante voix ;
» Je croirois expirer une feconde fois !
D'un Epoux adoré tel eft l'ordre fuprême.
Hélas ! ce n'eft qu'en vous qu'il refpire, qu'il s'aime.
Calmez donc de vos fens l'ardente émotion ;
Chériffez de vos feux la douce illufion.
Nos biens font des erreurs que le fommeil prolonge ;
Et le plus tendre Amour n'eft qu'un aimable fonge.

Qu'un Songe vous tranſporte aux rives du Léthé :
Sous de riants berceaux, près d'un myrthe arrêté,
Voyez-y votre Epoux ſoupirer ſa tendreſſe,
De ſes cruels ennuis flatteuſe enchantereſſe :
Aux bords du Léthé même, il trace avec des fleurs
Votre nom . . . . qu'il acheve en l'arroſant de pleurs !
L'Amour, de vos regrets lui préſente l'hommage ;
Votre Epoux ſe conſole à cette douce image.
Ainſi le Dieu charmant, dont vous êtes l'appui,
Vous permet de gémir, mais en vivant pour lui.

Oui, conſervez des jours que vous devez aux Graces ;
Conſolez vos douleurs en plaignant mes diſgraces :
La tombe a renfermé votre plus doux tréſor ;
Moi ! je pleure une Amante, hélas ! qui vit encor.
Du moins, en embraſſant la tombe la plus chere,
Votre douleur vous plaît ; & la mienne eſt amere !
Je vois toujours FANNI, d'une perfide main,
Plonger, en ſouriant, un poignard dans mon ſein.
Et j'atteſte les Dieux, & l'Amour, & Vous-même,
Que de voir au cercueil deſcendre ce qu'on aime,
Eſt, pour un tendre cœur, cent fois moins douloureux,
Que de ſe voir trahir par l'Objet de ſes feux !

F I N.

INSCRIPTION

Pour la Statue de M. de Buffon. *

BUFFON vit dans ce marbre ; à ces traits pleins de feu,
Vois-je de la NATURE ou le Peintre ou le Dieu?

* Ces Vers ayant été imprimés dans plufieurs Recueils, &
pour ainfi dire confacrés à M. de Buffon par la voix publique,
nous avons cru devoir les placer ici.

Vu l'Approbation, permis d'imprimer, le 28 Janvier
1779. LE NOIR.

2 4